AF205180

Ralf Neubohn

Michael Kerawalla

Das Comeback des geheimnisvollen Alpakas

Ralf Neubohn

Michael Kerawalla

Das Comeback des geheimnisvollen Alpakas

Bibliografische Information der Deutschen Nationalbibliothek
Die Deutsche Nationalbibliothek verzeichnet diese Publikation
in der Deutschen Nationalbibliografie;
detaillierte bibliografische Daten sind im Internet
über www.dnb.de abrufbar.

Herstellung und Verlag: BoD – Books on Demand, Norderstedt

ISBN: 978-3-7519-1486-4

Dieses Buch ist Stephanie gewidmet

Inhalt

Vorwort

Alpakas sind geheimnisvolle Tiere. Was denken sie? Warum summen Alpakas vor sich hin? Welche Abenteuer warten auf sie? Stimmt es, dass es ein Alpaka mit Sonnenbrille und Regenmantel gibt? Wenn ja: warum?
Diese Fragen und viele mehr werden im vierten Band meiner Alpaka-Reihe geklärt, da viele Leser der ersten drei Bände eine Zugabe forderten.
Der vielseitige Autor Michael Kerawalla wertet das Buch durch eine seiner lesenswerten Geschichten wesentlich auf. Sie werden sicher viel Freude an seinem Text haben.
Ich hoffe, dieses Buch macht Ihnen viel Spaß beim Lesen und bringt sie zum vergnügten Schmunzeln.

Ihr Ralf Neubohn

Ralf Neubohn

Missverständnis

Alpakalinle besuchte eines Tages ein riesiges, imposantes Gebäude. Was sich wohl darin befand? Ein Museum? Ein Palast? Neugierig trat es ein. Ein langer Gang folgte dem anderen, bevor der Weg vor einem großen hölzernen Tor endete. Ein Palastgarten? Oder der Ausgang? Das Alpaka stieß das Tor schwungvoll auf und betrat einen sandigen Platz. Von wegen Garten! Eher ein Ort für Tennis! Plötzlich erschallte ein lautes Raunen von den Zuschauerrängen, Fanfaren erklangen. Alles erinnerte ein wenig an ein Tennisturnier. Ein Mann in merkwürdiger Kleidung erschien und winkte mit einem Tuch. Hatte er Schnupfen? Oder war es das Startzeichen für ein Autorennen? Alpakalinle winkte freundlich zurück. Niemand sollte behaupten können, Alpakas hätten kein gutes Benehmen! Der Mann blickte erstaunt drein! Vermutlich erlebte er es selten, dass jemand seinen freundlichen Gruß erwiderte. In diesem Augenblick ritt ein anderer Mann mit einem langen Garderobenhaken heran. Freundlich dankend hängte Alpakalinle seinen Sonnenhut daran und begann mit dem Pferd einen langen Plausch, zu dem sie sich beide in den Sand setzten. Der arme Reiter fiel vom Pferd und starrte wie gebannt auf die sprechenden Tiere.

Alpakalinle fragte das Pferd: „Was machst Du denn hier?"

Dieses erwiderte: „Ich bin das Pferd vom Torero und wir jagen hier immer wilde Stiere. Aber irgendwie kamst heute Du statt dem wilden Stier in die Arena."

„Ach", erwiderte das Alpaka: „Den Stier habe ich vorhin in den langen Gängen getroffen und weil der Arme so schwitzte, habe ich ihm ein riesiges Eis spendiert, welches er jetzt wohl noch lutscht…"

Der Torero schlich sich währenddessen an das Alpaka heran. Wenn er heute schon keinen Stier erlegte, sollte wenigstens ersatzweise Alpakablut fließen! Er holte zu einem wuchtigen Schlag aus, bevor der Schock seines Lebens kam! Hinter ihm stand der Stier und rülpste so laut, dass dem Torero das Trommelfell platzte und er seitdem nie wieder richtig hörte.

Zufrieden mit sich, dem Leben und der Welt verließen die drei Tiere die Arena und besichtigten in Ruhe die schöne Stadt.

In der Stierkampfarena geschah mittlerweile zutiefst Erschütterndes! Der Torero öffnete das Holztor etwas weiter, in der Hoffnung eines weiteren Stieres. Stattdessen trat völlig gelassen ein kleines Kätzchen herein, machte mitten auf dem Sandplatz ein Häufchen und stolzierte nach getaner Arbeit wieder heraus.

Der Torero überlegte sich ernsthaft, ob er wegen der Blamage des heutigen Tages Harakiri begehen sollte oder lieber in den Vorruhestand gehen. Noch so einen Tag hielten seine Nerven nicht mehr aus!

Das geheimnisvolle Alpaka

Unser Lieblingsalpaka Alpakalinle liebte den Dezember, weil es da zusammen mit dem Nikolaus den Kindern Geschenke bringen durfte. Hoch am Himmel flogen dann beide mit dem Schlitten durch die Luft und blickten auf die verschneite Landschaft hinab. Ein herrlicher Anblick! Voller Vorfreude summte Alpakalinle das ganze Jahr Weihnachtslieder vor sich hin.

Auch heute, wo es getarnt mit Regenmantel, Sonnenbrille und Hut geheimnisvoll von Gebüsch zu Gebüsch huschte. Warum bloß? Alpakalinle war in geheimer Mission unterwegs! Doch nicht als Agent, sondern als Vertretung für den Osterhasen. Der konnte wegen einer vierpfötigen Sehnenscheidenentzündung nicht selber die Ostereier bringen. Als guter Freund sprang Alpakalinle natürlich sofort ein, auch wenn es auf Dauer sehr, sehr schwerfiel, laufend geduckt durch die Gebüsche zu schleichen. Allmählich begannen die Knie zu schmerzen. Alle vier! Doch es musste eben sein! Abends fiel das arme Alpaka erschöpft in sein Bett. Zufrieden ging es eines Tages seinen Freund Osterhase besuchen, um sich für die gelungene Vertretung loben zu lassen. Schließlich klappte alles perfekt!

Doch der Osterhase war wenig zufrieden: „Fast alle Kinder haben sich beschwert, weil sie dieses Jahr statt Ostereiern Bücher gefunden haben. Dazu auch noch Weihnachtsbücher mit Deinen Abenteuern! Ich weiß zwar, dass Du gerne mit dem Nikolaus unterwegs bist, aber Du kannst doch nicht zu Ostern die Bücher ‚Die Alpakas vom Nikolaus‘ und ‚Der Nikolaus und sein Alpaka auf Tournee‘ verschenken! Unfassbar! Typisch Alpaka!"

„Seltsam", dachte Alpakalinle. „Wenn ich diese Bücher im Dezember verschenke, freuen sich alle! Und jetzt niemand! Die Menschen sind wirklich seltsam!"

Osteressen

An Ostern liefen Ralphus Rheumaticuslinchen, Terry, ein Alpaka und der Osterhase immer wieder an der Küchentür vorbei. Offensichtlich litten die vier an schwerer Erkältung, denn an der geschlossenen Küchentür mussten sie immer wieder besonders tief einatmen. Als die vier rein zufällig wieder vor der Küchentür standen, meinte Terry: „Was es wohl Leckeres gibt? Vielleicht Alpakakeule mit Preiselbeeren?" Worauf ihn alle anderen streng anschauten. Ralphus erwiderte schnuppernd: „Vom Geruch her würde ich auf Hasenbraten tippen. Schade, denn ich mag keine Hasen." Worauf er sich einen kräftigen Tritt des Osterhasen zuzog, welcher anschließend äußerte: „Das beste Osteressen ist traditionell schon immer Karottensalat." Mit dieser Meinung stand er ziemlich allein da. Selbst das Alpaka schlug andere Speisen vor. Während die Diskussion über das ideale Osteressen an Lautstärke zunahm, öffnete sich die Küchentür, und die Meisterköchin rief: „Na, Ihr Schleckermäulchen? Hunger? Dann wollen wir mal kräftig schlemmen!" Die vier, welche rein zufällig vor der Küchentür standen, stürmten förmlich die Küche. Anschließend stürmten sie würgend noch schneller heraus. Denn es gab extra saure Kutteln in Speckmantel, die seltsamerweise keiner von ihnen mochte. Na, sowas!

Oh, weh!

Der Nikolaus wunderte sich oft, woher der Autor Ralf Neubohn so viel aus seinem Leben wusste. Vor allem von seinen Abenteuern am 6.12. jeden Jahres. Reiste Neubohn ihm heimlich nach? Anders ließen sich Neubohns Enthüllungsbücher: „Die Alpakas vom Nikolaus" und „Der Nikolaus und sein Alpaka auf Tournee" nicht erklären! In diesem Jahr schaute der Nikolaus stets in den Rückspiegel seines von Alpakas gezogenen Schlittens. Aber nirgends etwas Verdächtiges zu bemerken. Seltsam! Erschien also im nächsten Jahr kein neues Enthüllungsbuch Neubohns? Über diesen Gedanken freute sich der Nikolaus sehr!

Als er ein paar Tage später am Alpakastall vorbei lief, hörte er von drinnen lautes Kichern und Schreibmaschinen Geklapper. Neugierig ging er hinein und sah Alpakalinle, wie es unter dem Pseudonym Ralf Neubohn „Das Comeback des geheimnisvollen Alpakas" schrieb. Na, sowas!

Nikolausabend

Alpakalinle besuchte gelegentlich mit dem Nikolaus Seniorenheime für Alpakas. Deren Bewohner freuten sich immer auf den Besuch und noch mehr auf die leckeren Geschenke. Da gab es immer ein großes gemeinsames Schmausen! Der Nikolaus stutze mitten in der Party im dritten Alpakaseniorenheim. Das zahnlose Mümmeln eines der Gäste kam ihm sonderbar vertraut vor. Woher kannte er das bloß? Auch das laute Schlürfen des Kakaos stieß eine Seite der Erinnerung an. Der Name lag ihm auf der Zunge, doch kam er ihm nicht über die Lippen. Wie hieß dieses besonders zottlige Alpaka bloß? Alpakalinle schaute zufällig in dieselbe Richtung und rief: „Aber das ist doch der Autor Ralphus Rheumaticuslinchen! Wie kommt der denn hierher?" Vorlaut erwiderte dieser: „Mit dem Rollstuhl! Ich habe mich schon gefragt, wann Ihr mich bemerkt. Es ist heute schon die dritte Seniorenheimparty, wo ich mich mit Euch zusammen feier!"
Empört rief der Nikolaus: „Aber das geht doch nicht, sich hier einfach einzuschleichen! Jeder muss bei sich daheim feiern!"
„Das würde ich auch tun", antwortete Ralphus. „Aber fast jedes Jahr seid Ihr schon so satt und träge von Euren anderen Besuchen, dass Ihr mich immer überspringt! Ihr kommt fast nie zu mir!"
Verlegen schwiegen Nikolaus und Alpaka und beschlossen, dieses Mal Ralphus nicht wieder auszulassen. Ob sie es schafften?

Besser

Nikolaus, Weihnachtsmann und Osterhase saßen gemütlich in ihrem Stammcafé. Beim gemütlichen Trinken von Kakao sprachen sie von ihrer jeweiligen Arbeit. Nebenbei oder hauptsächlich verschwanden riesige Berge von Kuchen in ihren wohlgefälligen Bäuchlein. Um sich besser auf seinen Karottenkuchen konzentrieren zu können, steckte sich der Osterhase Möhren in seine Flauschohren. Ihn interessierte das langweilige Geschwätz der beiden anderen sowieso nicht. Nur noch sehr gedämpft klang das Gespräch der beiden Menschen zu ihm herüber.

Während der Osterhase gnadenlos über den Karottenkuchen herfiel, sagte der Weihnachtsmann: „Viele Menschen sind einfach ganz unmöglich. Ich habe oft keine Lust mehr, denen noch Geschenke zu bringen."

Der Nikolaus gab ihm Recht: „Das stimmt. Die Menschen sind so egoistisch. Tiere sind sozusagen die besseren Menschen. Eigentlich verdienen nur noch Tiere Geschenke."

Der Osterhase rief mit den Möhren in seinen Ohren: „Genau! Wir Tiere sind nicht solche Egos wie die Menschen! Schenkt Ihr mir noch vier Karottenkuchen, weil ich so lieb bin?"

Gleichzeitig machten sich im Stall die Rentiere und Alpakas über die Säcke mit den Geschenken für die Menschen her: „Dieses Jahr sind die Kekse besonders lecker!"

„Stimmt! Lasst uns noch mehr davon naschen, das merken unseren beiden Chefs sowieso nicht!" Während des Knusperns erzählten sie sich fröhlich Witze über ihre beiden Chefs Nikolaus und Weihnachtsmann.

Das seltsame Rentier

Den Weihnachtsmann beschlich Jahr für Jahr das Gefühl, dass mit seinen Rentieren etwas nicht stimmte. Im Stress der Arbeit irritierte ihn irgendwas, aber er hatte einfach keine Zeit sich damit zu befassen. Doch dieses Jahr fiel ihm endlich der Grund der Irritation auf! Eines der Rentiere war viel kleiner! Dazu besaß es im Gegensatz zu seinen Artgenossen ein ganz merkwürdiges Geweih. Seltsam.

Eines Tages fragte der Weihnachtsmann: „Sag mal, warum siehst Du so anders aus?"

Das Rentier meinte: „Äh, öh, mh...! Tja, also, ich bin ein Zwergrentier und nur deswegen ähnle ich den anderen nicht!"

Beruhigt erwiderte der Weihnachtsmann: „Ach, so. Alles klar." Eine Weile später erstarrte er entsetzt! Dem Zwergrentier fiel sein rechts Geweih herunter. Folge einer Art obskurer Mauser? Sein Blick richtete sich zum ersten Mal aufmerksamer auf das linke Geweih. „Nicht zu fassen!", dachte er. „Das ist ja ein riesiger Schuhlöffel! Dieser Gauner! Von wegen Zwergrentier!" Bei noch genauerem Hinsehen fiel ihm die Kinnlade herunter! Es war Alpakalinle, das Alpaka vom Nikolaus! Was macht es bloß hier?

Auf seine diesbezügliche Frage antwortete Alpakalinle: „Sei bitte nicht böse! Mir macht es so Spaß am 6.12. den Kindern Geschenke zu bringen. Aber der Tag ist immer so schnell vorbei. Daher habe ich mich dann bei Dir als Zugtier eingeschlichen. So reise ich zweimal im Jahr um die Welt. Einmal mit Dir und einmal mit dem Nikolaus!"

Der Weihnachtsmann lachte dröhnend: „Da hat der Osterhase ja Glück, dass er keine Zugtiere hat. Sonst würdest Du Unersättlicher da wohl auch noch arbeiten."

Betreten verschwieg das Alpaka, dass es sich auch schon öfters zu Ostern mit wenig Erfolg versuchte.

Rätselhaft

An einem Morgen erwachte Alpakalinle durch ein lautes Klingeln im Ohr. Das Telefon? Die Alarmanlage? Oder ging es jetzt wieder mit dem Nikolaus auf Tour? Aber hörte sich das ständige Klingeln nicht eher wie die Glöckchen des Weihnachtsmannschlittens an? Konnte das sein? Doch warum so früh morgens? Es ging doch immer erst Nachts auf Tour? Benommen sah das Alpaka in den Spiegel, putzte seine Möhrchennager – auch Zähne genannt – und lauschte dem ständigen Klingeln. Stand vielleicht Ludwig P. Lesi-Les halb erfroren vor der Tür? Naja, der konnte ruhig warten. Woher kam bloß dieses ständige Geräusch am frühen Morgen? Einfach unerklärlich. Während Alpakalinle Möhrchen frühstückte, dachte es an Ludwig. Wenn der wirklich vor der Tür stand, so würde sein Finger bald an der Türglocke anfrieren. Freudig erregt bei diesem erheiternden Gedanken schmeckte das Frühstück gleich doppelt so gut. Nebenbei las das Alpaka die Zeitung und verschlucke sich fast vor Schreck! Denn hier stand, woher das Läuten kam! Wie konnte es sowas nur vergessen? Aber als alter Rockstar trat Alpakalinle so oft mit seinen Brüdern bei Konzerten auf, dass es schon fast zur Gewohnheit wurde. Zur sehr lauten Gewohnheit! Sehr, sehr laute Weihnachtsrock- und Punksongs mit GLÖCKCHENBEGLEITUNG! Wenn diese so lange in den Ohren nachhallten, sollten sie vielleicht zukünftig ihre extreme Lautstärke bei den Konzerten ein kleines bisschen drosseln. Oder doch nicht?

Gedanken

Das Alpaka traf auf einer langen Wanderung den Nikolaus. „Puh, muss der schon lange unterwegs sein", dachte Alpakalinle. „Der sieht ja noch greisenhafter und hinfälliger aus als sonst." Gleichzeitig ging es dem Nikolaus durch den Kopf: „Das arme Tier wird wohl schon seit Stunden unterwegs sein, überall am Kopf wuchert der Bart, der dringend gestutzt gehört. Und auch sonst sieht das Tier einfach unmöglich aus. Völlig geschafft!" Diese Anfangsgedanken bildeten den netteren Teil der nicht ausgesprochen Gedanken. Wie in solchen Fällen üblich, ging das verbale Gespräch dafür umso mehr in mitfühlende Floskeln über. Als sie sie sich trennten, dachten beide dasselbe: „Nichts mehr los mit ihm, völlig geschrottet. Vergreist zusehends. Nun, ja, es kann ja nicht jeder so fit wie ich sein!"

Das geheime Wissen

Viele Leser fragen sich, woher der Autor Ralf Neubohn so viel aus dem dramatischen Leben des Alpakas wusste. In seinen Büchern „Die Alpakas vom Nikolaus", „Der Nikolaus und sein Alpaka auf Tournee" und „Applaus für Alpaka und Osterhase" berichtete dieser Autor so viel streng geheime Ereignisse, dass die Fachwelt staunte. Schrieb wie vorhin berichtet Alpakalinle ALLE Bücher unter dem Namen Neubohns? Oder waren doch einige Bücher von ihm selber? Wenn ja: Wie kam er dann an die streng geheimen Informationen? Ließ er Alpakalinle durch Satelliten heimlich beobachten? Hatte Neubohn Abhörgeräte in den Satteltaschen des Alpakas versteckt? Oder einen ganz neuen Trick zur heimlichen Beobachtung entdeckt? Die Wahrheit ist so unbeschreiblich einfach, dass ich kaum wage, die Lösung des Rätsels zu präsentieren. Viele Leser werden über die banale Wahrheit enttäuscht sein. Soll ich den Schleier des Rätsels wirklich lösen? Nun, als hochwissenschaftlicher Forscher muss ich wohl über die meine Forschungsmethode berichten.

Diese ist ganz einfach. Da jeder gerne über seine Abenteuer berichtet, so lade ich einfach das Alpaka zu Kaffee und Kuchen ein. Während des gemütlichen Schlemmens erzählt das Alpaka dann so viel von sich selber, dass ich jedes Mal ein neues Buch daraus machen kann.

Wohl bekomm's!

Der Tanzabend

Alpakalinle besuchte in seinem Spanienurlaub zusammen mit einem Stier eine Tanzvorführung. Beide langweilten sich dabei sehr, bis eine Tänzerin mit einem roten Seidentuch dem Publikum winkte. Wie von der Tarantel gestochen schoss der Stier auf das Tuch zu. Die völlig überraschte Tänzerin konnte gerade noch ausweichen, so dass der Stier an ihr vorbei gegen die Wand raste.

Ohne es zu wollen, erlegte so die Künstlerin den Stier. Alpakalinle überlegte sich, ob auf diese Art mal vor langer Zeit bei einem ländlichen Tanzvergnügen der Stierkampf entstand. Ganz zufällig also. Wer weiß?

Die Imbissbude

Alpakalinle steuerte froh in den Fast Food Imbiss für Alpakas. Selbst die allerverwöhntesten Mägen fanden hier lukullische Schlemmereien. Das vegane Lokal für gehobene Alpaka-Ansprüche! Zwischen den genüsslich mampfenden Alpakas entdeckte es überraschenderweise Sam, Terry, die zauberhaften Altbohns und ihre Enkel. Was wollten die denn hier? Für Menschen lag genau gegenüber ein großes Imbisslokal, in dem auch viele Spaziergänger Wurst für ihre Hunde mitnahmen.

Neugierig erkundigte sich unser liebstes Alpaka: „Warum seid ihr nicht gegenüber, wo Ihr hingehört? Da gibt es Fleisch in allen Varianten zu Essen!"

Terry erklärte: „Tja, wir kommen von drüben. Als wir eintraten, sahen wir dort überall röchelnde Menschen herumliegen. Unter anderem auch Ludwig P. Lesi-Les. Zuerst wunderten wir uns über die vielen Leidenden, dann sahen wir ein Werbeplakat, auf dem stand, dass diese Woche das Essen nach dem neuen Kochbuch von Berta Babbelbergle gekocht wird. Mit durchschlagenden Erfolg, wie uns ins Auge fiel. Also ergriffen wir lieber die Flucht, um den Friedhof nicht von unten zu sehen."

Alpakalinle nickte verständnisvoll mit dem Kopf, wer Berta Babbelbergles Kochbuch kannte, dem blieb stets nur die Flucht!

Zigarren

Alpakalinle beneidete seine Zugtierkollegen, die allesamt rauchten. Das sah so gemütlich aus, davon abgesehen wärmte es bei dieser Kälte auch sehr. Daher beschloss unser Alpaka, es auch mit dem Rauchen zu versuchen.

Alpakalinle lief an den Schaufenstern der Stadt vorbei, bis es dort auch so große Zigarren sah, wie die Mitalpakas sie pafften. Den Einkauf in der Satteltasche eilte Alpakalinle auf eine Wiese, um dort in Ruhe die Zigarren zu genießen. Stolz zündete es die erste Zigarre an. Diese Zigarre war viel bunter als die der Alpaka-kollegen. Tja, man musste halt wissen, wo es das beste Angebot gab! Oder doch nicht? Denn es erklang ein lauter Schlag und die Zigarre explodierte. Alpakalinle starrte entsetzt die Zigarre an. Noch nie hatte es davon gehört, dass sowas passieren konnte! Vielleicht ein Mängelexemplar. Daher versuchte unser Alpaka es mit einer anderen Zigarre. Doch die zischte nach dem Anzünden in den Himmel und explodierte dort in einem wunderbaren Farben-werk. Merkwürdige Zigarren! Man kam dabei gar nicht zum Rauchen. Aber vielleicht sollte es ja der Gesundheit zu liebe so sein? Waren diese Zigarren extra so hergestellt, dass niemand zum Rauchen kam? Rätselnd lief unser Alpaka nach Hause, die restlichen Feuerwerkskörper in der Satteltasche.

Basel

Da Alpakalinle die Schweiz besonders liebte, fuhr es im Urlaub besonders oft in verschiedene Schweizer Städte. In Basel versäumte es kein einziges Mal den Frühling, da in diesem die Menschen sich von der Strömung des Rheins zur Arbeit oder zur Schule treiben ließen. Jung und alt zogen vom Fluss getragen an dem Alpaka vorbei. Manchmal schauten nur die Köpfe der Schwimmer aus dem Fluss, gelegentlich trieben sie langsam auf dem Rücken vorbei.

Eines Tages trat Alpakalinle zu nah an die Böschung, stürzte kopfüber in den Fluss. Ob nun Alpakas eigentlich schwimmen können oder nicht, das nasse Fell wurde sehr schwer und zog das arme Alpaka unter Wasser.

Läutete dies nun die letzte Stunde ein? Spülte eines Tages die Strömung ein totes Alpaka an Land? Nein, Kinder sahen die Notlage des armen Tieres und zogen es an Land. Nachdem es sich bedankt hatte, fragte Alpakalinle: „Woher wusstet Ihr, dass ich Hilfe benötige?" Darauf sagten die Kinder lachend: „Da Du weder ein Seepferd noch ein U-Boot bist, sagte Dein Abtauchen uns alles!"

Zum Dank lud Alpakalinle die Kinder zu einem Fondue ein. Dabei trat sehr deutlich zu Tage, warum Alpakas normalerweise kein Fondue essen. Im Dichtbehaarten Gesicht blieben die Käsefäden hängen, so dass es den Spitznamen „Das Alpaka mit dem Spinnennetz im Gesicht" erhielt. Oh, weh! So ein Käse!

In den Schweizer Bergen

Der Nikolaus ging eines Tages mit Alpakalinle Skifahren. Staunend blickten sie die steilen Berge hinauf. Alpakalinle fragte verwundert: „Ich frage mich, wie die Bergziegen den steilen Berg hochkommen. Vor allem, wenn tiefer Schnee wie jetzt liegt."

Als die beiden Urlauber in die Seilbahn einsteigen wollten, sahen sie lauter Bergziegen, die mit ihren Einkäufen des täglichen Bedarfs wieder den Berg hinauffuhren. „Irgendwie habe ich mit das ganze romantischer gedacht", murmelte das Alpaka seufzend. „Bergziegen sind auch nicht mehr das, was sie einmal waren!"

Das Grauen

Der Nikolaus sah schmunzelnd Alpaklinle zu, welches sich im Bodensee tummelte. Es planschte vergnügt in Ufernähe.

Eine Frau lief mit ihrer Tochter vorbei. Das Kind rief begeistert: „Schau mal! Der Nikolaus!" Der Nikolaus winkte freundlich. Die Mutter sprach mürrisch: „Unsinn! Den Nikolaus gibt es gar nicht. Rede kein dummes Zeug!" Überrascht blickte sie auf, als der Nikolaus ihr eins mit der Rute überzog!

Noch ganz erschrocken hörte sie ihre Tochter rufen: „Schau mal, im Wasser sind große Luftblasen! Bestimmt taucht gleich ein Seeungeheuer auf!" „Blödsinn", kommentierte die strenge Mutter. „Es gibt nur in Schottland ein Seeungeheuer, hier in der Schweiz..." Weiter kam die arme Frau nicht, denn etwas höchst Merkwürdiges tauchte aus den Fluten auf. Schreiend lief sie davon, während Alpakalinle ihr verwundert nachstarrte.

Gefährlich

Das Alpaka stolzierte durch die besonders schöne Innenstadt. Es betrachtete voll Staunen die wundervoll erhaltenen Gebäude.

In ein paar Minuten wollte es den Nikolaus treffen, bei den wilden Tieren. Alpakalinle staunte nicht schlecht, dass es so nah an der Stadt wilde Tiere gab. War sowas nicht höchst gefährlich? Konnte da nicht allerlei passieren? Überhaupt: gefährliche Tiere? Handelte es sich dabei um Löwen, Tiger oder noch gefährlicher – um Wildalpakas? Bekanntlich lebten in der Camargue noch freilebende, ungezähmte Alpakas. Vermutlich siedelte die Stadt Bern ein paar davon hier an, als Rarität.

Kurz vor der Stadt traf es den Nikolaus. Der zeigte in Bodenvertiefungen und rief: „Ganz schöne Wildtiere, oder?" Alpakalinle freute sich, seine Verwandten zu sehen, beugte sich vor und sah... Bären! Welche Enttäuschung! Bären, statt der Krone der Schöpfung! Nun ja, vermutlich waren die Alpakas der Camargue zu wild, um gefangen zu werden!

Berner Oberland

Begeistert liefen unsere beiden Helden im Berner Oberland spazieren. Einfach eine wunderbare Landschaft! Plötzlich ließ sie begeistertes Johlen zusammenzucken. Spielte hier jemand Fußball? Gab es einen Faschingsumzug über die Berge? Nein, junge Männer fuhren voller Begeisterung auf Fahrrädern den steilen Berg hinunter. Mitten durch den Wald! Mutig! „Sowas scheint denen Spaß zu machen", meinte der Nikolaus verwundert. Alpakalinles Augen funkelten! Es liebte Abenteuer! Von einem Jungen der gerade nicht aufpasste, schnappte es sich das Fahrrad und sauste mit einem lauten „Hui!" den steilen Berg hinunter. Voller Begeisterung über das rasante Tempo achtete es nicht auf einen großen Stein, der mitten im Wald lag. Mit einem lauten „Krach!" stieß das Fahrrad darauf und brach wegen seines Alters entzwei. Alpakalinle düste nun nur noch mit dem Vorderrad und der Lenkstange zitternd ins Tal hinab. Dabei überholte es andere Radfahrer, die staunend das Tier sahen, welches wie im Zirkus auf nur einem Rad balancierend vorbeisauste. Das wollte natürlich jeder nachmachen und so entstand von neuem die alte Mode des Einradfahrens. Unser Held kam übrigens im Tal mehr Tod als lebendig an und wurde von den begeisterten Schweizern zum Raclette-Essen eingeladen. Ein wahrhaft hart verdienter Lohn!

Teddys

Alpakalinle spazierte mit dem Autor Ralphus Rheumaticuslinchen durch Winterthur. Aufmunternd nagte es an Ralphus besonders haarigen Ohren, um ihn zum Sprechen zu bringen. Dieses gelang auch sehr bald. Ralphus sprach schluchzend: „Meine Teddys sind Erwachsenen geworden! Sie leben nun als wilde Grizzly Bären in Nordamerika! Ich vermisse die lieben Kuscheltiere so! Wo soll ich bloß wieder solche anhänglichen Bärchen herbekommen? Muss ich nun für immer abends allein Kakao und Kekse zu mir nehmen?"

Schniefend lief er neben Alpakalinle her. Dieses sprach tröstend: „Ganz sicher wirst Du wieder so liebe Teddys finden." Ralphus fragte verzweifelt: „Ja, aber wo? Schließlich kann man sie nicht einfach von Bäumen pflücken oder im Garten anpflanzen."

In diesem Augenblick stürzte sich eine wahre Sturmflut von besonders kuschligen Teddys auf unseren Autoren. Aus allen Richtungen eilten sie herbei! Alpakalinle wunderte sich darüber. Warum waren die Teddys so wild auf Ralphus? Plötzlich verfing sich ein süßer Duft in der Nase des Alpakas. Es roch nach… Honig! Ja, eindeutig kam der Geruch von Ralphus! Vermutlich lockte der Honigduft von Ralphus Duschgel die Teddys an. Vielleicht sollte Alpakalinle ein Duschgel mit Karottenduft benutzen, um schöne Alpakadamen anzulocken?

Das Hotel

Unsere beiden Helden besuchten einen besonders schönen Ort. Alpakalinle seufzte begeistert auf: „Hier is es wunderschön! Hoffentlich hast Du auch ein gutes Hotel gebucht und keine olle Absteige!" Empört erwiderte der Nikolaus: „Ich buche NIE olle Absteigen! Es ist ein sehr exklusives Hotel wie immer! Davon abgesehen gibt es hier keine ollen Hotels. In anderen Ländern vielleicht, aber hier nicht!" Beruhigt lief das Alpaka mit dem Nikolaus zum Hotel. Die schlechten Erfahrungen hatten sie tatsächlich noch nie in der Schweiz gemacht.

Ein sehr freundlicher Herr empfing sie an der Rezeption: „Sehr geehrter Herr Nikolaus, natürlich haben wir Ihre Reservierung vorgemerkt, aber ich glaube leider nicht, dass wir Ihnen das Doppelzimmer geben können."

„Warum nicht?", erkundigte sich der Nikolaus. „In Ihrem Prospekt steht doch, dass Haustiere zugelassen sind. Und dies ist mein Haustier. Es wohnt in Deutschland auch in meiner Wohnung."

Bedauernd lächelnd sprach der Herr an der Rezeption: „Aber sehr geehrter Herr Nikolaus! Haustiere sind z.B. Katzen und Hunde, aber keine Alpakas."

„Wieso nicht? Alpakas bellen wenigstens nicht in der Nacht und streunen auch nicht in den Blumenbeeten herum. Sie sind ideale Haustiere."

Der Rezeptionist winkte ab: „Ich weiß. Es geht dennoch nicht. Außerdem habe ich die ersten vier Alpaka Bücher Neubohns gelesen und weiß von daher ganz genau, dass Alpakas in Deutschland im Stall leben. Auch Ihr Alpaka! Es ist also kein Haustier!"

Geschlagen zogen unsere beiden Freunde ab. Sie bedauerten es nun zum ersten Mal, durch Neubohns Bücher so bekannt geworden zu sein. Ruhm hat seinen Preis! Aber vielleicht ließ der Mann sich im Hotel täuschen, wenn Alpaklinle sich als Katze oder Wellensittich verkleidete?

Die Stadt

Der Osterhase besichtigte zusammen mit dem Alpaka eine schöne Stadt, Ihnen gefielen die alten Fachwerkhäuser, die vielen Bäume und Brunnen. Es herrschte eine gemütliche, entspannende Atmosphäre. „Ich glaube, dies ist eine meiner Lieblingsstädte", schwärmte der Osterhase. „Hier ist so richtig idyllisch, am liebsten würde ich hier wohnen."

Alpakalinle nickte bestätigend mit dem Kopf. „Auch die Menschen hier sind ganz arg nett, netter, geht es kaum! Aber lass uns ein Lokal suchen, ich habe schon ganz müde Pfötle."

Kurz darauf entdeckten die beiden ein anheimelndes Lokal mit schöner Außenterrasse. „Ach, ist es hübsch hier!" rief der Osterhase begeistert. Zum herannahenden Kellner sprach er: „Schön ist es hier! Was können sie uns zum Essen empfehlen?"

Der Kellner erwiderte: „Heute haben wir knusprigen Hasenbraten!" Woraufhin er vom Osterhasen getreten und beleidigt wurde. Hastig lenkte der Kellner ab: „Ich könnte Ihnen auch Wurst aus Pferdefleisch vorschlagen. Sehr zart." Woraufhin ihn das Alpaka fast die Nase abbiss. Schreiend floh der arme Kellner und seine beiden Gäste verließen grollend das Lokal.

Abschließend meinte der Osterhase: „Ich habe es ja gleich gesagt! Eine ganz grässliche Stadt, mit furchtbaren Menschen! Hier werde ich nie wieder herkommen! Alles ist schlecht hier!"

Folgenschwer

Alpakalinle begegnete mal zufällig dem Osterhasen auf einer Wanderung. Dieser saß am Straßenrand mit hängenden Pfötchen. „Was ist los mit Dir?" fragte das Alpaka.

„Ach, ich habe so müde Pfötle vom Laufen. Kann ich nicht wie in einem Western auf Dir durch die Prärie sausen?"

Empört entgegnete das Alpaka: „Ich bin doch kein Gaul von irgendwelchen Cowboys! Davon abgesehen: Du bist ziemlich schmutzig! So verdreckt kannst Du nicht auf meinem wohlgeformten, aerodynamischen Rücken sitzen! Wasche Dich erstmal!"

Verärgert rief der Osterhase: „Waschen? Bin ich etwa ein Waschbär oder ein Seehase? Mein kostbares Fell lasse ich nicht verwässern! Ich mag schon keine verwässerten Getränke, aber ein verwässertes Fell erst recht nicht. Es klebt nass, ist schwer und bei zu vielem Waschen geht die Farbe aus dem Fell!"

„Unsinn", rief Alpakalinle. „Haare bleichen nicht durch waschen! Was für eine blöde Ausrede! Wasser schadet Haaren nicht!"

In diesem Augenblick kam der weißhaarige Ralphus um die Ecke. „Siehst Du?" rief triumphierend der Osterhase. Als danach auch noch der kahle Ralf Neubohn des Weges kam, beschloss das Alpaka tief erschüttert, sich nie wieder die Haare zu waschen. Der Osterhase hatte vollkommen Recht: Haare waschen ist gefährlich!

Die schöne Abkürzung

Der Nikolaus und sein Lieblingsalpaka wanderten durch wälderreiche Gegenden. Um einen dieser Wälder zog sich ein ein Wanderweg in einem großen Bogen herum.

„Sollen wir wirklich diesen riesen Umweg machen?" fragte Alpakalinle. „Mir tun schon jetzt alle vier Pfoten weh vom vielen Laufen."

Der Nikolaus lenkte ein: „Gut, nehmen wir eine Abkürzung durch den Wald, ich habe auch schon Blasen an den Füßen."

Einträchtig liefen sie nebeneinander auf einem Trampelweg tief inden Wald hinein. „Das ist doch viel schöner, als um den Wald zu laufen", bemerkte Alpakalinle. „Ich verstehe nicht, warum nicht mehr Leute diese schöne Abkürzung nehmen. Oh, da kommen uns Hunde entgegen! Wo deren Herrchen wohl sind? Vielleicht von Räubern ermordet?"

Der Nikolaus meinte gelassen: „Du liest wirklich zuviele Krimis von Ralf Neubohn. Räuber! Pah! Übrigens dies sind keine Hunde. Siehst Du nicht ihre Geweihe?"

„Stimmt", gab das Alpaka zu. „Aber irgendwie sitzen die Geweihe an der falschen Stelle. Es erinnert mehr an..." Ein lautes: „Oink, Oink!" ertönte und die Tiere rasten auf unsere beiden Helden zu.

Der Nikolaus rief schon fliehend: „Oink, Oink machen Rehe nicht! Hauen wir ab! Ich will nicht als kleiner Imbiss für eine Wildschweinrotte enden!"

Interessanterweise schmerzten ihre Füße auf der gelungenen Flucht nicht mehr. Erst, als sie später den langen Umweg um den Wald liefen. Dort begegneten ihnen Wanderer, die sprachen: „Warum macht Ihr nicht mit uns eine Abkürzung durch den Wald?" Sie wunderten sich sehr, als unsere beiden Helden beim Wort „Wald" panisch schreiend davon liefen. Warum bloß diese Panik?

Kegelabend

Der Nikolaus und seine Alpakas gingen regelmäßig kegeln. Es machte ihnen viel Spaß, auch wenn es gelegentlich kleine, unbedeutende Pannen gab. Letzte Woche passierte sogar Folgendes: Alpakalinle traf fast nie die Kegel. Hatte es die falsche Brille angezogen? Oder die Nacht vorher zu lange durchgemacht? Wie es nun auch immer war, Alpakalinle lag beim Kegeln weit hinten. Nur mit einem Volltreffer „Alle Neune" konnte es wieder mit den anderen gleichziehen. Mit stierem Tunnelblick griff es nach der Kugel, holte großen Schwung und ... traf „Alle Neune". Ja, heilige Mohrrübe! Wie konnte das bloß sein? Vorher nie getroffen und nun ein Volltreffer? Nachträglich schien Alpakalinle die Kugel besonders schwer und groß gewesen zu sein.

Da seufzte ein anderes Alpaka: „Ich glaube nicht, dass Dein Wurf gilt. Du hast ausversehen den Nikolaus als Kugel benutzt. Sein Bauch ist zwar auch rund, aber er ist dennoch keine Kugel."

Alpakalinle erwiderte geistreich: „Ups!" Was sollte es auch sonst dazu sagen?

Haare

Alpakalinle wunderte sich beim Anblick des Nikolauses immer, warum diesem die Haare vom Kopf bis unter die Nase gerutscht waren. Saßen Haare so locker, dass sie einfach verrutschen konnten? Und warum schob sie der Nikolaus nicht wieder nach oben? Weshalb sprach er von „Bart"?

Der Nikolaus belehrte Alpakalinle: „Haare im Gesicht heißen Bart. Das hat nichts mit sonstigen Haaren zu tun."

„Aha", dachte Alpakalinle. „Dann habe ich also sogar Vollbart im Gesicht."

Dieses Wissen machte unser Alpaka sehr stolz, bis eines Tages der Weihnachtsmann sagte: „Du hast keinen Vollbart, Du hast Fell im Gesicht."

Nun stürzte das Alpaka vollends in Verwirrung. „Ich dachte Haare im Gesicht heißen Bart? Warum heißen sie plötzlich Fell? Bedeutet dies, dass der Weihnachtsmann Fell im Gesicht hat und keinen Bart? Ein wahrhaft haariges Rätsel! Sogar richtig widerhaarig!"

Überraschung

Opa Ralphus Rheumaticuslinchen schleppte sich zu seinem Schaukelstuhl. Erbost schrie er Alpakalinle an: „He! Was machst Du denn auf meinem Platz?"

Das Alpaka antwortete: „Ach, nur ein paar Minuten! Als ich vorhin mit dem Nikolaus den Kindern Geschenke brachte, habe ich mir an allen vier Pfoten Blasen gelaufen."

Mürrisch entgegnete Ralphus auf seinem Krückstock gestützt: „Den Kindern Geschenke gebracht? Und warum habe ich keine bekommen?"

Alpakalinle wand sich verlegen im Schaukelstuhl bevor es sprach: „Die Geschenke bekommen am 6.12. brave Kinder. Du also nicht."

Ralphus bruddelte verärgert: „Was soll das heißen? Bin ich etwa nicht brav? Soll ich Dich etwas mit meiner Krücke versohlen?"

Bevor es zum Allerschlimmsten kam, schnippte der im Kamin versteckte Nikolaus mit den Fingern. Auf dieses magische Zeichen hin öffnete sich die Wohnungstür. Vor dieser standen alle Freunde, Autorenkollegen und Verwandte von Ralphus, zusammen riefen sie herzlich: „Nikolausüberraschung!" Vor Rührung verschluckte er schier sein Gebiss. Alle, alle waren da: seine Enkel, Terry, die zauberhaften Altbohns, Sam, Ralf Neubohn, der Osterhase, der Weihnachtsmann, die Rentiere vom Weihnachtsmann, Berta Babbelbergle und Ludwig P. Lesi-Les. Dazu gesellte sich der Nikolaus aus dem Kamin.

Es wurde einer der schönsten Nikolausabende überhaupt. Gemeinsam mit den Teddys und Katzen von Ralphus feierten alle bis tief in die Nacht! Miau! Brumm! Mehr gibt es dazu nicht zu sagen. Hoffentlich hatten Sie auch einen schönen Nikolausabend!

Michael Kerawalla

Das Teppichgebirge

Daniel war ein junger, aufstrebender Politiker. Er war energisch, wortgewandt, durchsetzungsfähig und klug, hatte sein Ziel immer fest im Blick und ging unbeirrt seinen Weg, auch wenn dabei so mancher auf der Strecke blieb! Mit der Wahrheit nahm er es dabei nicht so genau, passte sie manchmal zu seinem Vorteil an, oder kehrte sie einfach unter den Teppich. Auf diese Art war er recht erfolgreich, stieg schnell in seiner Partei auf und hatte eine glänzende Karriere vor sich. Heute gelang es ihm einen weiteren Widersacher aus dem Weg zu räumen und seinen beruflichen Aufstieg voranzutreiben, weshalb er sich an diesem Abend ein gutes Glas Wein gönnte, bevor er erschöpft, aber zufrieden ins Bett fiel. In dieser Nacht hatte Daniel einen seltsamen Traum! Ein Engel erschien ihm und nahm Daniel mit zu einem besonderen Ort. Gemeinsam flogen sie über ein weitläufiges Gebirge, das vereinzelt aus kleinen Hügeln bestand, hauptsächlich jedoch von gewaltigen Gipfeln ausgefüllt war. Bei näherem Hinsehen fiel Daniel auf, dass auf jeder Bergspitze ein Teppich lag!

»Was ist das hier für ein seltsamer Ort, und warum liegt auf jedem Berg ein Teppich?«, fragte Daniel den Engel voller Erstaunen.

»Ihr Menschen habt die Angewohnheit, eine für euch unangenehme Wahrheit zu verstecken, oder wie ihr es nennt, unter den Teppich zu kehren. Dies hier sind die Lügen aller Menschen, die in Form eines Teppichs die Wahrheit überdecken, die ihr unter ihnen angehäuft habt«, erklärte der Engel.

Daniel wurde bleich. »Aber das sind ja fast nur riesige Berge!«

»Ihr Menschen lügt ja auch ziemlich viel!«, entgegnete der Engel lakonisch, worauf Daniel verlegen den Blick abwandte.

In diesem Moment überflogen sie ein großes Trümmerfeld, in dessen Mitte ein stark zerfetzter Teppich lag.

»Was ist denn da passiert?«, fragte Daniel erschrocken.

»Wenn der Berg unter dem Teppich eine gewisse Maximalgröße erreicht, wird er instabil und stürzt in sich zusammen, wobei die große Lüge darüber zerstört wird, weil die Wahrheit wieder ans Licht kommt! Das passiert, wenn ein Mensch zu viel lügt! Denn die Wahrheit lässt sich nur eine gewisse Zeit lang verbergen und kommt irgendwann wieder zum Vorschein. Danach sind diese Menschen meistens für den Rest ihres Lebens ruiniert!«, sagte der Engel mit warnender Stimme.

Daniel schluckte schwer, als er die Ausmaße des Trümmerfeldes und den zerstörten Teppich sah. Allmählich stieg die Angst in ihm hoch, was er noch zu sehen bekam! »Kannst du mir auch meinen Teppich zeigen?«, fragte er verunsichert.

»Das hatte ich als nächstes vor«, bestätigte der Engel und änderte ein wenig die Flugrichtung. Schon bald kam ein gewaltiger Berg in Sicht, der alle anderen überragte. Beide flogen direkt darauf zu. Daniel wurde mulmig und die Angst kroch weiter in ihm hoch. »Liegt mein Teppich auf diesem Berg?«, fragte er furchtsam.

Der Engel schüttelte den Kopf. »Dein Teppich liegt direkt daneben.«

Die Antwort beruhigte Daniel etwas, doch als sie den riesigen Berg erreichten, stand neben ihm ein weiterer sehr großer Gipfel.

Der Engel deutete auf den Teppich an dessen Spitze. »Der gehört dir.«

Daniel spürte einen weiteren großen Kloß im Hals. Hatte er wirklich schon so oft gelogen? »Bist du dir sicher?«, fragte er den Engel.

»Absolut!«, bestätigte der Geflügelte und wies dann auf den gewaltigen Berg daneben. »Gleich wirst du Zeuge was passiert, wenn man zu oft lügt!«

Kaum hatte der Engel die Worte ausgesprochen, hörte Daniel ein zunehmend lauter werdendes Knirschen. Ein mächtiges Rauschen wurde hörbar, das rasch immer lauter wurde, dann stürzte der riesige Berg mit ohrenbetäubendem Getöse in sich zusammen, wobei die Bruchstücke den Teppich von dessen Spitze vollständig zerrissen! Übrig blieb auch hier ein immenses Trümmerfeld, dazwischen einzelne Fetzen des zerstörten Teppichs. Daniel war kreidebleich und betrachtete entsetzt die Szene.

»Du kennst die Person, deren Teppich gerade ausgelöscht wurde. Sie wird bald einen sehr großen Preis für ihre Lügen bezahlen, und ihr restliches Leben wird diesem Trümmerfeld ähneln! Auch du lügst sehr viel, was du an deinem eigenen Teppich sehen kannst. Lass es dir eine Warnung sein, überlege zukünftig gut jeden Schritt, den du tust! Sonst endest du bald genauso!« Die Stimme das Engels wurde mit jedem Wort mahnender, während sich sein Antlitz zunehmend verfinsterte.

In diesem Moment hörte Daniel ein lautes Klingeln und schreckte aus dem Schlaf hoch. Noch verwirrt und benommen bemerkte er, dass sein Telefon dieses unangenehme Geräusch von sich gab. Er nahm das Gespräch an und meldete sich mit belegter Stimme. Es war seine Sekretärin, die ihn aufgeregt dazu aufforderte, den Fernseher anzuschalten. Daniel war verwundert, warum sie zu so früher Stunde anrief, um ihm das zu sagen. So schaltete er noch etwas verschlafen den Fernseher an und war gleich darauf hellwach. Da wurde berichtet, dass seine Vorgesetzte in zahlreiche illegale Waffengeschäfte verstrickt war, die Regierungen der Nachbarländer mit riesigen Geldsummen bestochen hatte, um sie als Verbündete für einen Krieg zu gewinnen, der unzählige Todesopfer gefordert hatte und immer noch anhielt, geführt mit den Waffen, die Daniels Vorgesetzte verkauft hatte! Dadurch hatte sie einen Genozid beispiellosen Ausmaßes verursacht und dabei enorme Summen verdient, die sie auf schwarzen Konten im Ausland versteckt hielt, während Flüchtlingsströme gegen die Grenzen drängten und dort elendiglich verhungerten oder an Krankheiten zugrunde gingen!

Daniel rief nur noch »bin gleich da!« ins Telefon, sprang aus dem Bett, zog sich in Windeseile an und raste darauf zum Regierungsbezirk, an dessen Eingang sich zahllose Reporter drängten, dahinter empörte Demonstranten riefen und gestikulierten, während die Polizei kaum noch für Ordnung sorgen konnte! Daniel schaffte es unbemerkt zum Hintereingang zu schleichen. Drinnen erfuhr er das ganze Ausmaß des Skandals. Seiner Vorgesetzten war inzwischen die Immunität aberkannt worden und sie wurde in Handschellen vor laufenden Kameras verhaftet und abgeführt. Einige Zeit später wurde sie vor Gericht wegen zahlreicher schwerer Vergehen verurteilt und sah das Tageslicht nie wieder! Der Engel hatte also recht behalten! Daniel lief es kalt den Rücken herunter, als er sich an den Traum erinnerte und an die deutliche Warnung des Engels. Tatsächlich glich das Leben seiner ehemaligen Vorgesetzten nun der Trümmerwüste, die er in der Illusion gesehen hatte. Es würde sich zeigen, ob Daniel die Warnung zukünftig berücksichtigte, oder dem Rausch der Macht verfiel, so wie es seine Vorgesetzte tat und nun einen hohen Preis dafür bezahlte!

Über den Autor Michael Kerawalla

Michael Kerawalla, geboren in Indien, ist Diplom-Biologe und hat im Jahre 2006 sein erstes Fantasybuch vollendet, dem bald darauf ein weiteres folgte. Dieses spielte in einer Unterwasserwelt. Bekannt ist er aber vor allem für seine vielseitigen Kurzgeschichten, die zusammengefasst in seinem dritten Buch erschienen.
Er hat 2014 den „Neuen Literaturpreis Remstal" gewonnen.

Eigene Veröffentlichungen:
„Turoon", erschienen 2011, 316 Seiten. Tiefsee-Fantasy Roman.
„Jibby-Serie" Teil 1: „Die einsame Elfe", erschienen 2018, 176 Seiten. Fantasy-Roman.
„Homoroid-Serie" Teil 1: „Timuris Auftrag", erschienen 2018, 160 Seiten. Dystopischer Science-Fiction-Roman.
„GemAI-Serie" Teil 1: „Die missachteten Engel", erschienen 2019, 248 Seiten. Science-Fiction Roman über künstliche Intelligenzen.

Er veröffentlichte zusammen mit Ralf Neubohn in der Edition Nöck:
„Im Tal der Autoren", erschien 2014 und enthält auf 116 Seiten Kurzgeschichten der beiden Autoren.
„Live von der Gartenschau", erschien 2018 und enthält 96 Seiten Kurzgeschichten.
„Galaabend für die Gartenschau", erschien 2018 und enthält 60 Seiten Kurzgeschichten.
„Gartenschau Phantasie", erschien 2019 und enthält 72 Seiten Kurzgeschichten.
„Abschiedsvorstellung für die Gartenschau", erschien 2019 und enthält 96 Seiten Kurzgeschichten.

Über den Autor Ralf Neubohn:

Ralf Neubohn hat bereits zahlreiche Bücher geschrieben bzw. herausgegeben und ist einem breiten Publikum durch regelmäßige Lesungen bekannt.

Er hat auch einen Literaturpreis gestiftet. Den „Neuen Literaturpreis Remstal".

Neubohn schreibt Krimis, Lyrik, heitere Romane und Kurzgeschichten.

Bücher von Ralf Neubohn:

Da viele Leser immer wieder nach einer Übersicht meiner lieferbaren Werke fragen, hier nun ein Teil der über den Buchhandel erhältlichen Titel. Alle kann ich hier nicht auflisten, weil es einfach zu viel ist, was es an Büchern von mir als Autor und Herausgeber gibt.

Gedichte

„Hier und Jetzt"

„Lyrik – muß das sein?"

„Frisch gewagt"

Gedichte und Kurzgeschichten

„Die zauberhaften Altbohns"

Bücher mit schwarzen Humor Gedichten

„Abra Makabra Schlimmsalabim"

„Die Gartenschau-Morde"

„Tod auf dem Kaktus"

„Neues vom 1. April"

Kurzkrimis

„Abschied ist nicht nur ein bisschen wie Sterben"

„Mörderisch gut"

„Kriminelle Energie"

Alpaka Reihe

„Die Alpakas vom Nikolaus"

„Der Nikolaus und sein Alpaka auf Tournee"

„Applaus für Alpaka und Osterhase"

„Das Comeback des geheimnisvollen Alpakas"

Gartenschau Trilogie

„Flammenfeder live von der Gartenschau"

„Gartenschau Phantasie"

„Herzlich willkommen Gartenschau"

„Galaabend für die Gartenschau"

„Abschiedsvorstellung für die Gartenschau"

„Die Gartenschau-Morde"

„Tod auf dem Kaktus"

„Neues vom 1. April"

„Gartenschau Magie"

„Die Gartenschau im Rampenlicht"

Heiteres aus dem Autorenleben

„Im Tal der Autoren"

„Alle Autoren an Bord"

„Terry ein Schotte in Schwaben"

„Erinnerungen eines vergesslichen"

„Die zauberhaften Altbohns"

Science Fiction/ Fantasy

„Sam Space"

Jahresfeste

„Weihnachten mit dem literarischen Kleeblatt"

„Auf der Suche nach dem verlorenen Osterei"

„Weihnachten und Silvester mit Flammenfeder"

„Vorhang auf für Nikolaus, Weihnachten und Ferien"

„Bühne frei für Fasching und Halloween"

„Die Alpakas vom Nikolaus"

„Die Bettsocken vom Weihnachtsmann"

„Silvester und Weihnachtsmarkt geben sich die Ehre"

„Der Nikolaus und sein Alpaka auf Tournee"

„Applaus für Alpaka und Osterhase"

„Halloween im Scheinwerferlicht"

„Das Comeback des geheimnisvollen Alpakas"

Weitere Bücher von mir liste ich einem der nächsten Bücher von mir auf, sonst wird es heute ein bisschen zu viel.

Ich möchte noch darauf hinweisen, dass Bücher bei einigen Verlagen nicht unbegrenzte Zeit lieferbar sind. Wenn Bücher bereits lange auf dem Markt sind bzw. wenn es von diesen schon mehrere Auflagen gab, werden dann oft keine Auflagen davon mehr gedruckt.

Diese Bücher sind dann also irgendwann nicht mehr lieferbar. Daher kann ich nur dringend empfehlen, Bücher die Sie interessieren, rechtzeitig über Ihre Buchhandlung zu bestellen.

Bereits schon jetzt gibt es sehr viele Bücher von mir nicht mehr, die ich deshalb hier erst gar nicht aufgelistet habe.

Nachwort

Liebe Leser,

Sie sind nun an das Ende unseres kleinen Büchleins gekommen. Wir hoffen, Sie gut und abwechslungsreich unterhalten zu haben.

Falls Sie beim Lesen auf den Geschmack gekommen sind, so gibt es von uns viele weitere schöne Bücher zum selber Genießen oder als originelles Geschenk für andere. Etwa zu Ostern, Weihnachten und Geburtstagen.

Mit freundlichen Grüßen und hoffentlich bis bald!

Ihr Ralf Neubohn